KB070789

크림빵

Prologue

까치가 울었다
반가운 일이 생기려나 착각이었다
까마귀가 울었다
안 좋은 일이 생기려나 착각이었다
그릇을 깼다
나쁜 일이 생기려나 착각이었다
마음에 담겨있었다 오늘은 꼭 행복할 거다

시인이 읽으면 어이없어 웃고
민간인은 웃겨서 웃고
좌절한 벗은 ㅋㅋㅋ 웃기를 바라며 풋글을 모았습니다.
아지랑이가 언 땅을 녹이듯
미소가 마을을 거쳐 내를 따라 바다로 흘러가기를

향기농부 드림

1부

그 후 봄

민들레 · 목련 · 안개 · 춤바람 · 진달래 · 음력 이월 · 점 · 4월 ·
망월사 · 화정 · 그 꽃 · 하루 · 희망 · 네 쪽 잎 · 감사 · 공룡능선 ·
여름날 · 유월에 · 긴 장마 · 오늘 · 고독 · 가을꽃 · 구월초 ·
가을지게 · 바보 · 가을 신사 · 가을 · 동심 · 노란 · 암연 · 다짐 ·
얼음 속의 샘 · 나들이 · 12월 · 겨울비 · 기지개 · 꽃샘 · 위로

민들레

서녘 먼 산이
노을을 받아들여 밤을 준비합니다
수평선의 아침이 종일 분주하게 쫓아다니더니
숫기 없는 소년처럼
먼 산 뒤로 배시시 숨어버립니다
자두나무 아래 질경이 꽃대를 곧추세워
보내라고 하지만
홀씨를 지고 있는 민들레
나비가 꽃잎에 머물다
참 예쁘다고 한 노란 꽃 말을 잊지 못해,
놓을 듯 놓을 듯하더니 오늘도 잡아둡니다

목련

둘이라 덜 힘든 줄 알았다
둘이라 외로움이 가실 줄 알았다
둘이라 웃을 수 있을 줄 알았다

원래는 셋이었다
아니
더 많았었다
다섯에서 넷에서 셋에서
또 한 친구를 빼니
덩그렁 둘이 되었다

익숙한 거리를 남겨둔 채
한 줌의 먼지처럼 떠났다
개구쟁이 미소가
변덕 부린 심술도 그리워진다
큰 잎에
더 큰 목련꽃이
이쁘게 폈다고 눈 깜박거렸더니
벌써 져버린다

가끔
흘리는 사내들의 눈물처럼

안개

-1-

하얀 어둠이 공간을 덮은 적막의 날
나만 남기고 안개 더미가 세상을 가린 빈터의 겨울이었어
산중을 가로막고
분주히 내려 걷는 안개를 따라 내친 내 걸음마
뒤돌아본 맞닿은 하늘의 고요함에
나 대신 놀라 쓰러진 언어들
밑둥 하산 길 내려선 나를 보듬으며
흐트러진 안개가 삶을 마치고 떠난 자리엔
작은 행복의 빛이 서 있었다

-2-

낡은 이야기를 쪼아 대는 안개가 가신다
정월 초이틀
정류장의 울먹이는 딸을 남겨둔 채 버스에 탄
노모의 눈시울이 뻘겋다
서로의 안쓰러움이 슬픔을 위로한다

춤바람

바람이 죽은 듯 누워있는 풀을 깨우네
낮이 길어졌다고
툭툭 근들며 일으켜 세워주네

겨우내 묵었던 때 날려버리고
바람이 살곰거려
풀을 춤추게 하네

매서운 추위와 얼음 틈새
겁으로 가득 차 쓰러진
풀에게 말을 거네
어여 어여

살아야 하는 이유보다
죽어야 하는 이유가 더 많은 이웃에게
휘잉 휘잉 휘임 히임 힘 힘힘
힘내라고 말을 거네

바람이 간질간질
줄기 끝마다
풀잎을 꽃으로 웃게 만드네

진달래

-1-
못 본 꽃 진달래
아직도 산골 조석 간으로
겨울, 생살을 찢고
한두 송이 핀 분홍빛
슬쩍 바람 쪽으로 돌린 꽃잎
산길에서 살며시 나만 보았다

-2-
두세 송이 수줍던 진달래꽃
제법 자라, 새벽길
봄비 타고
환히 온 산골 밝혀주네
가실 날 지리며
한 송이 떨구었네

-3-
취기에 마주친
산골 진달래
네들보다 진짜로 내가 더 이뻐
아니다
막걸리 깨고 보니
진달래 네가
더 더 더 예뻤다

음력 이월

모진 겨울 한파
동짓달 눈보라를 이겨낸 음력 이월의
벌거벗은 나뭇가지는 아름다우리
남녘 끝 동백꽃 바람으로
겨울의 억장을 무너뜨리리
서서히 불꽃이 피어나
지친 들풀의 뿌리는 타오르리
옴 붙게 지저귀는
까마귀도 밉지 않으리
얼음 녹는 소리에 취한
가지 흔들리며
산 전체의 나무들 다 깨우리
손아귀 꽉 잡힌 그곳에
잎자국 생기리
이월의 바람달이
매화 산수유 개나리 진달래 벚꽃으로
온 산을 지피리

못 본 척 지나가도
향기로 빚은 봄의 여울로
그대 또한 애태우리

점

··더
··더
행복하세요
나누면
나눌수록
··더
··더
행복해진답니다

4월

꽃시샘도 마지막 한파로 사라진 어느 봄날
사월은 설레는 날
재 너머 산으로 화단으로 어우러진 가지와 잎새와 꽃잎들이
제비길 신명 난 메아리 찾아
나무를 나무처럼 조화를 이루어 갑니다
날이 선 쌀쌀맞던 가지에
연초록 초록 진초록 깨알 친 잎새들이 돋아나고
산수유 벚나무 진달래 바람 꽃의 불씨가
산을 산처럼 지피기 시작합니다
여린 기지개의 쑥 들꽃이 낙엽 틈새로 빛을 찾아가고
가지를 덥혔던 봄의 꽃들이 닫힌 가슴을 따뜻하게 데워
꽃빛이 별빛만큼 꽃빛이 당신만큼 사랑스러워 갑니다
동백이 떨구듯 매화가 날아가듯
목련이 아쉬움을 떨구고 찔레가 필 듯이 망설이는 사월
봄이 점점 더 달아나기 전에 지인 양과 웃음을 나누세요
화해하지 못한 지인 씨에게 소식을 전하세요
4월엔 점점 더 점점 더 당신은 행복해지실 겁니다

망월사

응달에 피어 있는 꽃
뭐가 좋은지
날 보고 씨익
나도 어이없어 고놈하고 씨익
철쭉이 화단에 널려 있는데
산길에 마주친 진달래
너 철쭉이지 물으니
양달에 지고 있던 진달래
걔도 아직까지
진달래라고 또 씨익
나도 지나치다
기특해서 고놈하고
한 번 더 씨익

망월사를 휘돌아 쳐
산정으로 내치는 걸음걸이
돋을볕에 우뚝 선
산 풀꽃도
우릴 보고 또 씨익

화정

아픔이 가뭄에 타들어 갑니다
길어 올렸던 자리는
공허함으로 남아있습니다
두레박을 내려 물질을 해보지만
손끝이 저려
손 마디가 아려
아물지 않은 손으로
끌어올릴 수가 없습니다
장마가 시작되려나
순간순간 가득 채워진 우물에
톡톡톡 꽃씨가 떨어집니다
하나둘 셋 넷…
끝없이 세는 숫자들의
나열은 길어지고
가뭄에 타들어 가는 통증이
장맛비에도 더욱 쉼 없이
타들어 갑니다

화정(花井)

하얀 물꽃이
어둠이 깊은 우물에 피어나 꽃대로 자라가길 바랍니다

그 꽃

모퉁이의 그 꽃
참새만 한 몸짓으로
해거름 따라
노란 풀꽃 흔들며

봄바람에 숨죽였다
유월의 밤꽃 향기 따라
햇살에 찡그린 듯
취한 듯 휘날리는 작은 표정

땅에 기다 힘겹게 일어나
저요 저요
행복하게 꽃술을 흔드는
볼품없는 모난 꽃

시멘트 위 조금 쌓인 흙더미
힘겹게 피어난 그 꽃
나도 씩 하고 웃어주네

하루

밤빛으로 순화된 폭염은
잔잔한 별빛으로 흩어져있고
땀으로 베어진 숨찬 호흡을
노을바람은 선잠으로 쉬게 한다

새까만 숯어둠으로
태양은 쉼 없이 빨려가고
새벽빛을 향해
밤의 그늘숲을 뚫고 간다

지평선의 아지랑이 불볕태양은
쉼을 찾아 열정의 여명에서
노을 진 산까지
햇빛으로 물들인다

희망

물길도 길을 잃고 범람하는 날
빛도 없는 낮을 보내는 날
남녘 장마의 소용돌이에
우산마저 접힌 곳으로 줄기를 쓰러트린 날

내일의 뜨거운
여름 태양을 이기기 위해
잡초도 제 몫의 빗물을 안고 빨아들인다

너풀거린 큰 키의 개망초도
꽃잎이 수그러드는 날
제 몸 견디지 못한 수양버들에
빗물까지 내려앉아
길섶까지 힘겹게 늘어진 날

별이 진 먹구름 밤으로
숲이 힘들게 보여도
하얀 빗방울을 안은 잎이
꽃보다 아름답게 빛나는 날

그늘마저
태양의 열기에 지쳐가는 날들을 위해
개천가 잡초도
한 치의 키를 더해 뿌리의 그늘을 넓혀준다

네 쪽 잎

비라도 오면 빗물에 고여
숨 자락도 버거워 보이는

천변 길섶 가장 낮은 곳에
자라는 토끼풀

봄 녘에 소담스러운 꽃 한 번 피우고
줄기와 잎이 기어 다니는
흙먼지 잡초로 부대끼며 살아간다

인생길 뛰어가다 남에 의해
멈칫할 때 들숨 크게 들이마시고
길섶 가장 낮은 곳 토끼풀을 바라보아라

네잎클로버를 품고 있는 걸
볼 것이다
그대의 것이다

감사

비내음을 품은 바람이
길섶 열꽃에 살랑 뽐낸 후
제법 굵은 비가 마른 잎을 두드리며
수채화의 악보를 그려간다

솔솔파 미미미 레미파솔미
파파파미 레레라 솔파미레도

흐르는 빗소리는
맑은 음성으로 쉼을 주며
내리치는 빗줄기는 물방울을 튕기며
아스팔트를 채워
도시인의 걸음을 달음질치게 한다

이 비 그치면
난
부족하면 단비가 되어주며
과하면 뿌리까지 흠뻑 적시고
넘치면
계곡을 휘돌아
담수로 저장됨을 감사할 거다

공룡능선

어둠에 묻히고
정적 속으로 묻히고
이파리 진 고요의 시간
인연도 가고
세월도 구름과 갔는데
그 날 올곧게 선 봉우리는
그림자도 안 되는 존재의 발걸음을
묵묵히 받아준다

바람이 다니는 길
빗물이 계곡을 만드는 길
나무의 천성대로 뻗는 여백의 길
풍경은 기진맥진하게 마주치는
모두를 미소 띠게 해
이웃이 되게 하는 발길 폭만 내어준다
걷다 또 걸어가다
구름도 기다리고 있는 바람을 따라
신선대에 이르면
도시의 이기적인 마음은
다람쥐 잰걸음으로 먼바다로
가벼이 날리고
마음에 숨긴 욕심과 비겁함을
천불동 계곡에 씻으려 한다

여름날

타는 산 타는 길
불타는 얼굴
불붙어버린 7월의 태양

밤빛 같은 그늘진 길을 걷다
질경이 듬성한 풀밭 위 빨간 자두 한 알 집어
손안에 자두향 배어 나온다

서녘 먼 산 하늬바람이 몰아쳤으면
나뭇잎 스며드는 새소리 노을숲으로 날개 쳤으면
먼 산의 어스름밤 더 먼 곳의 초승달은 더 가까운 듯

달마저 별마저
달은 별들을 지나쳐 깊어지고
태양에 그을린 숯결음처럼
가로등에 비친 하나 둘 서이 그림자는
부용천 3월의 무명초들이
금계국 개망초 달맞이로 새겨진 꽃길 따라
짙은 여름밤의 여울 속으로

유월에

밤꽃 향기 날리는 벤치에 누워
밤을 기대어 책장을 넘깁니다
공원을 비추는 가로등에
산소리 적막해지고
흙바람으로 앞서거니 뒤섰던 발걸음은
모두 사라지고
밤하늘이 내일을 준비합니다
등 주변의 날벌레만이 산을 지켜주고
냇여울에 봄을 버리고
도봉산에 여름 냄새가 다가옵니다

긴 장마

흘려보낸 이야기 뒤로 다시
찾아온 반역의 모습

닳아 없어질
끝없는 비의 사연을 쏟는 먹구름아

못 전한 사연을 품은 채
긴 장마 긴 산맥에 머뭇는 비구름아

현실을 거역하는 줄거리로
더듬어 쓴다

둥글게 내려놓았던 시간은
까막비의 행패로
모서리로 찾아와 망상의 기다림을
콕 찌르는 덧난 꿈, 꿈앓이

다 못 핀 이야기

오늘

제 몸처럼
가을 구름이 여름을 덮은 하루

장마가 잠시 빈 틈새로
불어오던 된바람도
내일을 잊고 싶은 오늘

꺼진 폭염 여백 너머로
초록으로 살찐 잎들도
가지를 일렁이는
까무총총해진 낮 하늘

타인의 몸처럼 산 당신의 삶도
한 걸음 쉬었다

활짝 들이마시고
용기를 채워 내딛으셔요

고독

시간은 침묵으로 쉼 없이 흐르고
먼 길을 나섰던 빗방울
고인 물에 제 모습을 두드리다
그만 쉬는 밤

가슴우리 테두리를 상념으로 감고
시간을 첨벙 두드리며
빗방울도 떠난 밤

커튼으로 가렸던 창문도
검정색으로 짙고
잡히지 않는 빛을 쌓다가 쓰러트려
침묵으로 흐를 시간이 여명을
깨우러 가는 잠 못 드는 밤

그 누가/그도

철부지가 되어
이 밤 잠 못 들고
혜윰을 나누고 있을까

가을꽃

달빛이 아련히 별빛으로물들어가고
별 하나인 달빛이 더위를 거둬가고
가을의 동맥이 붉은 선혈을 터트릴 듯 붉게 물들고
나무가 떠난 꽃잎의 길을 따라 잎을 벗으려 한다
꽃을 돋보이게 했던 잎을 기억하는가
꽃의 아름다움에 묻혔던 그 이파리들이
가을꽃으로 피어난다
꽃비보다 아름답게 나무가 버리려 한다
나무가 붉게 타 재가 되고 나무가 가을꽃이 되려고 한다
겨우내 땅속을 비집고 올라섰던 뿌리의 근성처럼
사람도 나무처럼 곧게 섰으면
사람도 가지처럼 팔을 벌려 너그러웠으면
사람도 낙엽처럼 언 마음을 덮어주었으면
아 나무가 뿌리를 하늘에 심고 얼어가는 땅을 녹이려 한다
꽃을 받쳐주던 잎들이
눈부시게 했던 자기를 비어 대지의 그릇에 포개진다

구월초

귀뚜라미 한 입 베어 문
달의 모양에
가을 걸음으로 한 발 다가온 은행나무

이른 비 은행을 톡 톡 쪼아
덜 아문 놈 몇 알을 떠나보낸다

마음은 계절보다 앞서 가을걷이에
닿아있고
별들도 하늘에 기대어
행여나 그대 기다림으로
불꽃을 지피고

그러나
그대와 그대의 만남은
귀뚜라미와 매미의 만남

솔잎에 맺힌 빗방울도
왼종일 찔끔거린다

가을지게

다색으로 여문 잎사귀의 안간힘도
가을비의 무게에 너울지게 떨어집니다
늦봄이 꽃비를 털어내
계절의 변화를 느끼게 하더니
낙엽비를 쏟아 계절의 종점으로 내달립니다

비 그치고 찬바람 드세져
영하 씨가 찾아오면
빈목의 동면으로 햇빛은
이른 노을로 밤을 떠맡기겠죠

여름담을 향해
한 잎을 두 잎을 지고 오르던 담쟁이의 초록잎 땀들이
주렁주렁 고즈넉한 단풍의 색과
가느다란 줄기선이
회색빛 도회지 안에
가을담을 고색창연하게 다듬어 갑니다

생명의 윤회의 끝단에서
바스락 바스락 걸음의 기쁨을 주는
길섶 넉넉한 낙엽길을 따라
내 마음도 행복군 기쁨면 웃음리 소망길로
가을의 날들을 한 섬 한 섬 담아갑니다

바보

입추는 벌써 지나가
아파트 뜰 화단
그늘에 숨죽이던 수호초[1] 군락에
선분홍 꽃이 피네

흰 꽃이 아닌 붉은 꽃이
4월도 아닌 8월에
여우에 홀린 건가
입춘인 줄 알고 착각했나
성큼성큼 다가가니

백일 동안 화사한 꽃차례 배롱나무
장맛비에 떨어진 꽃잎 보며
바보야 약오르지
날 보고 말을 거네

살짝 걸친 꽃잎 질까
살금살금 뒷걸음치네

1) 4월에 피는 꽃

가을 신사

가로수길 노랗게 물들면
살금 살금 살금
꽁보리 향기 숨 쉬며 찾아드는
멋쩍은 은행나무

까치발로 새침 때던 아가씨들
이그 이그이그 이그
웃으며 째려본다

아낀 척 아닌 척 에둘러 딴짓해도
당황스러운 네 모습
노랗게 물들어 가네
너는 참 좋겠다
영글어 냄새나도 사람들이 좋아하니

가을바람을 노랗게 물들이며
더 깊은 가을 속으로 데려간다

가을

가을빛은
봄빛의 아낌없는 그림자
초록 잎이 노을처럼 저버린다

새벽의 서늘함
오후의 햇볕
색 바랜 버거워진 은행잎은
바람결을 따라 서툴게 날갯짓하는
가을날의 나비

하늘 끝에 솟아 있던 뭉게구름
힘에 겨워 조각구름으로
한숨 쉬며
먼 산에 휴~ 머물러 있는다

까만 마음은 가을바람에
잠시 내려놓고
존재의 물음표는 봇짐에 담아
흘러간 가을처럼
또다시 나그네 걸음으로
먼 산을 바라보며 걸어 본다

동심

난 널 보면
미치게 기분이 좋아진다

가을비 물빛으로 더욱 환하게
잡목 정상에서 물끄러미
빤히 바라보며
아가의 소년 때까지 동심이 샘솟게 하는 너

달개비에 딴지 놓고
강아지풀에 어기적거리고
며느리밑씻개에 상큼거리다
혼쭐도 나던
길섶 땅바닥에 기어 다녔던 여린 꽃

그대는 나팔꽃

악한 마음은 가을비에 흘려 버리고
선한 마음은 햇볕을 향해
덩굴로 올라가
너의 나팔꽃 웃음이
나의 얼굴 가득 차게 활짝 폈으면

노란

은행잎
한 잎 한 잎 살포시 내리다
소슬바람에 쏟아져
제 몸을 다 털어낸다
태풍 몰아친 여름철 비바람에도
견딘 잎이
소연히 부는 갈바람에 뒹굴어
작은 소리로 버석거리는 걸 보면
센 것이 강한 것만이 아니라
순리가 이치인 듯

잔 풀어음 소리가 들리는
바람이 지나간 자리
이직도 남아있는
깊은 상념이
가을걷이를 끝내고
이제 막
겨울 걸음을 시작하려 한 나를
입동을 지난 가을비 속에 발을 마비시킨다

암연

식은 커피잔에 일렁이는 그 길을 걸어
현실부터 과거로의 이정표는
길 없음이라고 쓰여 있는데
밤새워 날 놓고 간 시간은
길 어느 모서리에다 그댈 깨워 갔을까
다 못 핀 가을 꽃잎으로
설레설레 목을 흔들던 구절초는
낙화로 쓰러져

꽃잎의 절명

꽃을 잃은 들풀은
설익은 해를 바라며 기다리다
풀은 또 들꽃으로 돌아와 반기지만
책갈피 마른 단풍잎을 찾아 나선 뜬구름은
어느 날의 꿈만을 간직한 채
을씨년스러운 길로 사라졌다

다짐

백꽃 뿌리까지 타들어가는
대설도 가버린
긴 겨울 가뭄
까치가 물고 온 함박눈
바람길 따라 날개 되어 날리고

까만 숯 모자 눌러쓴
겨울쟁이 아저씨
논둑을 막아 눈을 대고
고랑에 겨자씨 지키고 있는다

논개울에
초록의 산길 드리울 때
허수아비 되어
함박웃음 짊어지고
햇살 가득 바라보련다

얼음 속의 샘

하늘의 하늘까지
땅의 얼음 뿌리까지
겨울로 만드는 겨울은 싫은데
찬 기운에 따뜻한 바람을 품고 사는
늦겨울이 가는 건 더 싫어진다

아지랑이
느림보의 날갯짓으로 샘솟으며

여유로움을 담아가는
숲들을 보지 못한 채

늦겨울의 아쉬운 헤어짐은
또다시
시리도록 찬 겨울을
기다리게 해준다

나들이

바보가 되는 날
숨겨진 냉이 길을 따라
봄의 소리를 온전히 찾아갈 거야
열정의 마디는 아름다움 땀으로
걸쳐진 외투는 던져버리고
찬란한 계절들의 햇살로
회한의 우물을 말려버릴 거야

12월

바람을 따라 구름이 흘러간다
내가 나 닮아 가는 모습에
익숙지 않은데
바람이 구름의 모양을
새롭게 그려놓는다

비를 따라 구름이 흘러간다
겨울 장맛비로 넘쳐진 계곡물에
삶의 이끼를 씻어낸다

어린 삼을 발견한 산꾼이
잎으로 가려놓듯이
내 마음의 시편을
산 뒤태에 숨겨진
12월의 햇살로 소중하게
비추고 싶다

해를 따라서, 또 그렇게
달이 흘러간다

(2016년 12월 31일)

겨울비

그대 숲속의 나무 한 그루
추위를 뚫고 내리는 비를 맞으며
달려오는 봄빛을 기다리는

겨울비는
하얀 눈의 소망의 눈물

나비가 찜한 향기를 위해
온몸으로 비를 맞으며
다시 올 계절을 기다리는 숲의 침묵

바스락의 언어로
서로를 의지해 아지랑이를 기다리는
그대 숲속의 여러 그루
밤하늘에 닿아있는 가지의
언 떨림까지 어깨를 기대어
겨울의 숨결을 이기는 뿌리의 침묵

그대 숲속 아름드리나무를 적시는
겨울비는
함박눈의 희망의 눈물

기지개

이슬 이슬 이슬비
봄풀님을 기다리며
새벽녘 힘센 겨울을
살며시 밀어내네

보슬 보슬 보슬비
지쳐 기다리다
마른 낙엽 틈새로
들꽃 냄새 살며시 흘려주네

쭈룩쭈룩 소낙비
언제 내리시나
나무꽃 간지러워
살금살금
살며시 끝 가지 흔들리네

쭈룩쭈룩 이슬이슬
보슬보슬
곳간마다 소망바다
새봄엔 넘쳐나길

꽃샘

왜 춥냐고
어깨를 움츠리지 마세요
왜 그동안 따뜻했었는데
이마를 찌푸리지 마세요
왜 눈이 오냐고
깡충 뛰지 마세요
왜 비가 오냐고
떠난 임에게 고백하지 마세요

바람이 구름을 몰아
도봉산 능선이 너울 안개로 가려
사패산이 길을 잃은 걸
놓치지 마세요

오늘은
벚꽃도 눈치껏 피는
3월의 마지막 날이니까요

혼돈의 인생사 안 풀린다고
서러워하지 마세요
하나님도
낙담과 소망이 교차할 때가 있으니까요

위로

애통 가운데 평안을 찾아야 하는
내면의 아픔은
숲이 숨긴 계곡의 깊이로
파헤쳐 있다
문득 불어난 물의 무게로
눈물도 먼 곳으로 쓸려 가고
숲에 채워진 구불구불 자란
한 그루 나무가 되어
바람 소리에
숨죽인 응어리를 뱉어내고
나뭇잎을 흔든 골바람의 흔적을 따라
얼굴을 씻어 위로를 받는다

2부

여울

홍당무 · 러브 · 커피 · 청계천 · 친구 · 바람둥이 · 두물머리 2 ·
키스 · 3월 · 소낙비 · 나들이 2 · 벗 · 그리움 · 안개비 · 별바라기 ·
인정 · 석별 · 말미잘 · 장마 · 관계 · 두물머리 1 · 난봉꾼

홍당무

사랑이 아닌 그것
사랑까지
달려갈 수 없는 사랑
전봇대에 옷깃을
감추던 그거
먼발치 째려만 보던 사랑
하도 떨려 할 말을
까맣게 잊은 그건
머릿속에 벌이 들어와
윙윙대며 빨개진 사랑
그리움보다 우스워진 그거
그냥 피식 웃는 사랑
풋내나던 그것 그거 그건, 짝사랑

러브

곱게 물든 밤하늘가
거닐던 별빛은
바다로 쏟아져
예쁘게 단장하고
샘 많은 달빛은
힐눈 뜨고 쳐다보는데
새벽녘
지평선 넘어 서두른 햇빛은
고운 별빛 찾아보지만
사랑스러운 별빛마저
뚱한 별 되어 가버리고
불타는 마음 전해주러
노을 되어 기다리네

커피

그리움은 커피의 어원
달콤한 입맛의 라테로 시작해
쓴맛만 남은
식은 커피 같은 관계의 끝

긁힌 자욱이
아물었다고 생각했는데
흔적은 홀로 자생하나 보다

나이테로 감긴 심장에 바람만 들락거려
어떤 날은 폭풍우로
어떤 날은 가벼운 느낌으로
건들고 사라지지만
손에 잡아두었던 바람은
가까운 먼 곳으로 돌아가 멈추고

쏜살같은 시간이 지나
천천히 흐르다
쏜살같아질 때
커피의 어원은 지루함으로 바뀐다
오래간만에 보네
어디 가서 커피 한잔할래

청계천

냇물이 사랑을 싣고 흘러간다
젊음으로 가득 찬 심쿵한 연인들
애간장에 애태우며
안 돼요 앙 돼요
서툰 척 처음인 척 예쁜 입 맞추고

희망의 꿈이 냇물에 흘러간다
물장난에 아이들이 웃어 대고
엄마도 햇살 따라 미소 짓고
아빠는 헤살대며 안절부절

맑은 물길을 따라
냇물이 시를 싣고 흘러간다

길동무와 음률의 휘파람을 불면서
선해진 마음으로 함께 흘러간다

친구

부용천 인적 끊긴 홀로 맞는 밤의 시간
가로등 밝혀진 어둠의 틈새
지친 몸을 끌어도 내 앞서 걷는 그림자는
실루엣을 걸치고 시원스레 걷는다
징검다리에 올라 흘러가는 냇물에 담긴 그림자
몸 자락은 젖지 않고 다시 저만치 커진 키로 앞서준다
늘어진 수양버들 갈대숲 안쪽까지 겁 없이 들락거리고
가지 못할 비탈진 길도 내려갔다
함께 떨어지려 하지 않는다

갈숲 머문 바람에 고양이 놀랄 때
개망초 하얀 꽃 강풍에 쓰러지려 할 때
울음 섞인 맹꽁이 쉰 소리 낼 때
겁먹은 왜가리 홰치며 솟아오를 때

삶의 여행에
그림자 닮은 책 한 권 있었으면
그림자 닮은 그대 머물렀으면

바람둥이

바람결에
예쁜 꽃 찾아 부들부들 날갯짓
구름결에
담장 너머 새침데기 꽃 찾아
교태 여린 날갯짓
햇볕 따라
맘에 든 꽃 만나면
다가갈까 입 맞출까
멈칫멈칫 부들부들 애교 짓
쑥스러워 입 맞추고 내빼지만
정열의 맛 잊지 못해
다시금 장미 품속의 벌 애교둥이

호박꽃 벌
곁눈으로 쳐다보며
부들부들 약 올리는 기상 있는 날갯짓

두물머리 2

겨울을 따라 흐르는 두 강물
봄기운 살얼음을 쪼아
산수유 시리게 여는 날
더욱 맑았다

산처럼
산은 강줄기를 지키고
강물은 산그림자 쓰다듬는다

부부는
두 강물이 하나로 힘을 모아
바다를 향해하는 파도처럼

키스

살
살
살
로
시작하는 말
살살 살곰히 살짝 살그래
달달하게요

3월

난 들풀
따뜻한 햇볕을 받고
살금살금 자라나
봄바람을 타고
이름 모를 꽃을 피워
사람들을 놀래줄 거야
난 처녀
따스한 햇살에
예뻐진 피부
곱디고운 외모
짧은 치마 높은 구두 얇은 옷
쭉쭉 높아진 코로
모두를 놀래줄 거야

난 얄미운 꽃샘
오늘은 눈발 날리고
영하 씨의 차가운 이별의 숨결로
찬바람에 덜덜덜덜
푸~하하하
약 오르지 약 오르지 약 올라 죽겠지

소낙비

구름 한 점
별 하나
스친 먼 봉우리까지
사라지지 않는 베인 멍
심장에서 퍼내는 핏줄만큼
빈 잔은 흐른다
가슴을 쓸어
마음을 찾아보지만
마음은
하늘을 채우고
바다를 채우고
미더움을 새긴 머리에 있었다

목(木)은 가지를 뻗어
하늘을 찢고
끝없이 자라나는 서글픔
묵은 나무가
꽃물을 빨아들이듯
검구름 쌓인 산이
햇살을 받아들이듯
양지 깃든 마음에
소낙비가 찾아왔으면

나들이 2

담배 연기에 날려버려야 할 한숨은
눈물로 남기고
환한 얼굴에 슬픈 눈을 머금은
그댄
낙엽도 아직 이승에서 뒹굴고 있는데
나뭇잎 지는 길을 급히 쫓아
가버렸습니다

해는 물 빛을 튀기며
해거름은 아직도 먼 산으로 가지 않는데
낙엽 사이에 풀 서리 남겨놓고
영롱한 가을 하늘로 떠났습니다

처음과 끝의 운명은 아무도 모릅니다
걸음마를 시작했던 길을 모르고
어둠에 가린 길을 모릅니다

서너 발 먼저 내디딘 잰걸음
소풍 길 따라간 언덕 너머처럼
그대 하늘길 잘 쫓아가거라

벗

실한 풋고추 내밀며 헤엄치며 놀이하던 타잔 벗
자현암으로 가재 잡고 산밤나무 쫓아 앞 뒷산 날아다니고
무 서리 산밤 서리 깻잎 서리로 혼쭐나던 개구쟁이 벗
등에 진 만장봉 물개바위까지 물장구치며
막대기 들고 전쟁놀이하던 지칠 줄 몰랐던 힘센 벗
빨간 종이 줄까 파랑 종이 줄까
한 번쯤 겪어야 할 뚝방 공동화장실의 암모니아 벗
손등이 터지고 목 때 배꼽의 때도 아까워
씻지 않았던 코흘리개 벗
번데기 달고나 한 입씩 먹고 계란말이 도시락에
부러워하며 아카시아를 함께 먹었던 꽃 벗
무지 어려웠던 한글을 깨고
더 어려운 산수 구구단을 힘차게 외우고
태정태세문단세를 노래했던 개천에서 용 된 벗
수락산 도봉산 뚝방시장 깡통을 돌리고 연을 날리며
골목마다 사방치기 고무줄놀이 무궁화 꽃이 피었습니다
다방구 함성이 울려 퍼졌던 꼬맹이 벗
고급 회충약 나눠 먹다가 소주 나눠 먹는 벗이여
예순이 세 밤의 해가 남았다 아파서 놀라게 하지 말고
힘겨운 벗에게 더불어 웃음을 주고
다퉜다고 등 돌리지 말고

고무줄 끊고 내빼다
들꽃 이슬처럼 하늘까지 도망간 천사 벗

그리움

깡총 걸음으로 따라붙는
몽당진 벗 그림자

나무 그늘 사이로 숨었다가
태양 아래 빌딩 숲
힘차게 발등으로 함께 걸어

노을 진 그늘에
벗 그림자 잠류로 흘러

달빛에 산그림자 길게 피어나면
동산에서 옛 벗 만나
참새방아 재잘재잘 찧었으면

안개비

산뜰에 내려선 안개비
풍경을 감췄다 머무를 때
하얀 이야기로 남기고 싶었던
눈송이 구름
긴 파편을 안고
형체 없이 사라진 가는 비로 퍼진다
보이지 않았던
심연의 빛이 보일 때
안개가 뱉어놓은 설움의 말들은
해를 가리고
한숨으로 길어진 숨소리로
그 빛을 깨어 놓았다
비에 감긴 선잠의 깊이에
쓸어 담아야 할 흩어진 말들이
잡힐 듯 깨어나면
아직도 저물지 않은 겨울 안개는
시간의 파편들을 쪼아 먹는
어두운 밤에 묻혔다

별바라기

오실 땐
달 뭉실하게 서서히 오면서
가실 때는
여우 꼬리 그대론 채
쏜살같이 내뺐네
그대의 심장 떨림이 아직도
손안에 잡혀있는데
깃털 같은 말 한마디 툭 뱉어놓고
눈 깜박임도 못 보이게 가버리셨네
코끝에 바른 침 아직도 젖어있고
저린 팔 그대로 펴져 있는데
그대의 웃음은 바람으로 남겨주고
천 리보다 먼 길을
꽁무니도 보이지 않게 가버리시네

인정

곤로 없이도 따뜻한 늦은 오후
거실을 제집처럼 드나드는
볕들 사이로 겨울이 숨죽여 숨어있다
온기를 품은
화초 틈에 있던 겨울이
책장 넘기는 소리에 깨어
눈을 흘기며
개나리 꿈을 꿨다고
급하게 떠나버린다
바람이 되어 버린 겨울을 쫓아
이러쿵저러쿵 재잘댄다
이 겨울 육시랄 놈아
네가 바쁘게 나다녀야
군밤도 익고
붕어빵도 익어가는 기야
이 문딩이 자슥아
거실의 따뜻했던 온기를
남겨둔 채 찬바람이 되어 겨울이 다녀간다
아야
비 맞지 말고 날씨 차지면
사나흘 있다 또 온나

2017년 봄 닮은 겨울에게

석별

다 비워 놓으면 존재도 모른 채
가지만 남겨둔
이름 모를 나무로 지내야 하는
산수유 오래 진
드문 가을 길을 걸으며
절정으로 물들수록
낙엽 소리에 느슨해지는 걸음
천둥 치던 여름날을 보낸
미더운 가을비는
바람을 타고
닫힌 창문으로 흔들림만 보이던
잎이 마지막 말을 전하는 시간
젖은 잎으로 절정으로 치닫던 낙엽은
열정의 날들을 다 버리고 떠난다
만약에
가지를 기웃대는 훈풍을 또 만나면
씩을 틔우겠지
어느 봄날이 다녀오면

말미잘

꽃은
또 다녀가고
옛 다솜은
지난 시간에 기대어
토해내는 한숨

봄은 이별 후
바람을 타고 돌아오지만
다솜은
냇가를 만나
가람을 만나
드넓은 바다를 찾아 나선다

풋 여윈, 흐리마리

열을 태웠던 봄병의
재 냄새가
계절의 향수가 되어 날아온다

말미잘
그댄 멍게 해삼

장마

빗물이 먹구름을 이고 오다
숨겨둔 잔상을 두드리며
파동을 길어 낸다
시냇물이 아프게 파일 정도로
성형된 낯을 불러내다
미워할 수 없는 소리가 되어
잠들게 한다
열병에 걸려 있는 폭우가 되어
빗속에 나를 가두고
암막 친 어둠 속에 꼼짝없이
누워버렸다

관계

먹구름까지 닿아 선 빗줄기와
바다의 깊이 마음 깊이
어느 것이 더 깊을까

몸부림치는 파도는 바다를 향해
쏟는 폭우의 울음을 알고 우는가

영원한 건
지금 영원하길 바랄 뿐이지
끝처럼 끊어질 수가 있다

참 소중한 걸 잃은 어느 순간
표면의 미소는 그대로지만
타인이 되어버린 속사람

상처 진 마음이
아물어갈 시간은
비 개어 가는 어떤 날 풍경처럼
낮과 밤이 바뀌어 놀라는 그 느낌
그렇게 사라졌으면 좋겠다
넌
아마 다 받아주어서 바다라지

두물머리 1

산처럼
호수처럼
친구는
늘 기다릴 줄 아는 그 자리에
예쁜 그대보다 좋다
아니다
내숭 떨고 싶은 멋진 당신보다 좋다
친구는
안개비 자욱한 물길을 찾아
두 강 물결이 힘을 내
묵묵히 대양으로 헤쳐간다

난봉꾼

엊그제 윗마을 버찌 잎들을
살포시 벗겨 놓고 가시더니

굵어진 가을비가 흠뻑 옷을 적셔
오늘은 은행나무를 벗겨 놓으며
철쭉에 넘치게 노란 잎이 피어납니다

가을 담에 가냘프게 기대어 선
그대는 벗을 순서를 기다리며
붉은빛 홍조로 부끄러워하고

늘어뜨린 댕기 머리의 수양버들
아직은 난 아니 되오 아니 되오
푸른 절개에 안간힘을 쏟으며

건넛마을 천변
날리는 머리를 쓸어 담은 갈대는
벗을 날을 기다리다
지쳐 누렇게 떠있답니다

3부

더불어

친구야 · 연대 · 세잎클로버 · 눈물 · 슬픈 진주 · 현수막 · 건널목 ·
담배 · 그대는 · 광화문 · 착각 · 국회의원 · 눈사람 ·
첼로 / 노회찬 벗을 보내며 · 개나리 / 노무현 벗을 보내며 · 동태 ·
고향길 · 1894 · 달의 대답 · 가을 끝 비 · 그리고 · 하루 사이

친구야

큰 산이 되어 폭풍을 막아줄 수는 없단다
숨찬 풍랑에 뒤집어질
돛단배의 등대도 아니었지

삼손이 되어 친구의 짐을
대신 짊어질 수도 없었단다

그렇지만 난 너에게 벌판에 서있는
미루나무가 되어줄게

그늘도 없고 열매도 없고
가지도 부족해 초록잎도 어울리지 않지만

가끔은 양지바른 날 찾아와
등 대고 기대어 매미의 날개침을 들으며
삶의 미소를 짓다 가렴

친구야 넌 나에게 높은 미루나무가
되어줄 수는 없겠니?

연대

춥다고 얼지 말자
언다고 떨지 말자
떨린다고 쫄지 말자
흐르는 물결로
마주만 보았던
이 벌판과 저 들녘이
하나의 얼음으로
거대한 빙산이 이루어진다
떨린다고 약자가 되지 말자

세잎클로버

담벼락에 까만 반원을
그려놓았다
문득 떠오르는 발자취들의 행적들
착하다고 약한 게 아니고
겸손하다고 비굴하지 않아야 했던
비겁함과의 늑약들
밟지 않은 설원 위에
쥐구멍을 다시 그려놓았다
까만 틈에 여우별이 들더니
한 풀 한 풀 세 잎이 돌아
네 잎도 감싸고
꽃무리가 무성해진다

눈물

울어본 자만이 안다
눈물의 깊이를
슬퍼해본 자만이 안다
눈물의 넓이를
떠난 자만이 안다
눈물의 뺄셈을
남겨진 자만이 안다
눈물의 곱셈을
이기려는 자만이 알 수 있다
눈물은 눈물로 위로받는 것을

슬픈 진주

4월!
봄의 꽃나무들이 비에 젖고
밤스런 낯으로
온통 회색빛만 가득 차다

“난 하고 싶은 게 많다고 했는데”

“꼼짝 말고 믿고 기다리라고 했지”

“이 땅의 어른들은 숨차게 옮겨 탔지”

꿀꺽 꿀꺽 꿀꺽허어억 흐읍 허우

빈틈없는 물 안에서
친구들의 흐르는 눈물
뒤틀리는 고통을 보기 싫어
먼저 눈을 감아버렸겠지

생살의 모래를 삼키는
조개의 진주처럼
천여 일도 넘는 날을
아픔으로만 기다렸겠지

벚꽃 잎이 바람길에 날리고
목련꽃이
아직도 화창 거리는 날

나무들은 끝없는 비를 원하다
시들기 위해서
저물기 위해서……

어른들의
관행과 욕심 무책임으로
살인을 방조해 다 죽어
어스름조차
없는 암흑 속으로
수장시킨 통곡의 배

부디 천사들이 되어
하루가 일억 년 같을 가족들을
위로를 해주렴

현수막

양아치는 네발로 다녀야지 두 발로 다니지 마셔요
양아치는 풀 뜯어 먹고 사셔야지 고기 먹으려 하지 마셔요
양아치는 양 타고 다녀야지 자가용 타지 마셔요
양아치는 정치판 얼씬거리지 말고 양이나 키우셔요
현수막이 바람에 펄럭입니다
가재는 게 편이고 정치판은 개판입니다
갑오년 굶주림에 지친 백성들이
인육을 먹는다는 소문이 퍼져도
탐관오리에 진령군에게 줄 섰던 양반들은
피둥피둥 살찌우고
독립군 잡던 순사가 형사가 되어
빨갱이로 죄를 모질게 씌어 애국자로 살고
광주학살의 진범들은 돈 꼬불치고 생떼 쓰고 잘살고
코로나19로 백성들은 하루가 걱정되는데
물 좋은 곳에 아파트 여러 채 가진 님들은
대안 없는 정책으로 물어뜯기나 해
정권에만 욕심으로 가득 차있고
두리뭉실 쪽발이는 쪽팔리면 할복을 한다는데
이 땅의 학벌 좋고 돈 많은 정치인들은
왜 그렇게 이유가 많고 변명들이 많아
좋은 법은 못 만들게 하고 산으로 올려놓고
반민특법처럼 한 사람도 처단 못 하고 없애버리려 하는지

건널목

길을 걷다
적색등 횡단보도를 지나쳤다
삼 분의 일쯤 걷다
신호가 바뀌어 걸음을 멈춰
돌아보았다
다음 건널목은 아직도
먼 곳에 있는데

담배

가을은 사람을 맑게 하는데
악마는 유혹한다
힘들게 서있는
더 어린 소녀가 정거장에서 피운다
양 볼에 꽉 찬 연기가
슬픔의 회한을 가리면서

담배 연기에 숨어있던 소년은
한 가지씩 무너지더니
찌든 냄새에 영혼까지 썩게 했다
어떤 이유도 없이
불만과 비타협으로
닫힌 문에 갇혀버린 고딩 시절
교복 속의 까치담배는
많은 걸 망가트렸다

가을바람에 나뭇잎은 뒹굴어
개골창으로
밭둥의 거름으로
내를 따라 큰 물길로 흐르는데
난
어떤 모습으로 뒹굴고 왔을까?
소녀는
어떤 모습으로 뒹굴고 회한을 맞을까?

그대는

모든 별 중에 낮에 뜨는 별 하나

신이 내려주신 축복의

열정으로 가득 찬 빛을 태우며

— 흑백의 차별 없이
언어의 구별 없이
빈자와 부자에게 균등하게
빛을 밝히며 —

겸허하게 노을로 사라진 그대는

지구의 또 어느 곳을 밝히고 있나

시멘트로 가득 채워진 지구별도

전쟁 무기의 폭력으로 피를 흘리는 초록별도

하늘가 어느 별에

그대처럼 유익을 끼칠 수 있을까

광화문

임을 찾아 나선 하얀 솜 구름
청청한 하늘 너머 가을로
굼뜨게 내치는데
하나씩 모여들어 함성으로 소리쳐도
어둠이 다가와도 서둘지
못한 걸음
왜색으로 물들어도
독재로 물들어도
촛불로 비춰줘
그대 영원히
이 땅에
민주로 간직되리

착각

지구는 멈춘 듯하지만 돌고
달은 제빛 같지만 태양의 빛일 뿐
달보다 먼저 고향에 가기 위해 서두르지만
달은 늘 먼저 와있다
달은 실눈 감은 듯할 때도 모든 걸 보고 있었다
4월 19일 총으로 학생들을 쏴 죽일 때도 보았고
5월 18일 가슴을 난도질 할 때도 보았고
남영동 대공분실 509호에서 물고문으로 죽일 때도
못 본 척 다 보았다
달은 기억한다
한글을 창제할 때 보고 있었고
강강술래로 왜놈들을 교란할 때도 지켜 보고 있었고
동학농민들이
광화문에서 복합 상소를 할 때도 유심히 보고 있었고
6월 29일 시민들의 함성도 보고 있었다
코로나로 한쪽은 총력을 기울여 방어하고자 하고
한쪽은 담 너머 불구경하면서 잘되나 보자
딴죽 거는 부류들을 보고 있고
비상식을 생떼 쓰는 광장의 몰지각을 다 보고 있다
달은 역사를 타고 흐르고 기억하고 있다

국회의원

$2 \times 1 = 1$

$2 \times 2 = 3$

$2 \times 3 = 5$

$2 \times 4 = 9$

$2 \times 5 = 11$

$2 \times 6 = 7$

$2 \times 7 = 12$

$2 \times 8 = 10$

$2 \times 9 = 18$

첼로 / 노회찬 벗을 보내며

네가 낼 수 있는 소리로 삶을 욕하지 말라
네가 낼 수 있는 아름다운 소리로 약한 자들을 욕하지 말라
네가 낼 수 있는 가장 아름다운 소리로 정의를 말하라
쟈클린 눈물의 속상함보다 더 아프게 떠난 넋이여
활로 긋는 쇠줄의 아픔은 노동으로 약자 편에 서있다
그렇게 떠나버린 못다 핀 한 줌의 영을 위로하고
모든 것을 뚫을 수 있는 창과
모든 것을 막을 수 있는 방패의 당략의 싸움터에서
긴 시간 무명의 아픔도 잊은 채
노동자의 품격을 지켜주고 미소만 남긴 채 떠난 이에게
첼로야
네가 낼 수 있는 가장 빛나는 소리를 들려주어라
지평선 끝 보이지도 않는 먼지 점 하나 순결의 상처로
가장 아름다운 음률로 가버린 영혼에
새벽을 나서는 노동자의 힘찬
발걸음을 그대의 음성으로 드립니다

개나리 / 노무현 벗을 보내며

임의 길을 따라
망울이 맺힙니다
잎이 꽃으로
꽃이 신록으로

넉넉한 웃음소리에 맞춰
자전거 바퀴가 돌아가고
밀짚모자 그늘로 아이는 웃어댑니다

우렁이 논이랑을 따라 바람은 시원해지고
그 친구가 있어 난 행복하다는 말이
줄기에 맺힌 꽃 사이로 들려옵니다

위에서 밑으로 번져있는 꽃처럼
소박한 마음으로 번져있는 꽃처럼
길섶에서 시작된 가장 가까운 이웃처럼
없는 자들의 마음에 노란 꽃이 피어납니다

가진 자들의 무장된 무기를 보고
다리를 놓으면 되지
왜 나룻배를 띄우냐고
갸우뚱 호통치는 모습이 보입니다

개나리가 임을 따라 저물어 갑니다

부엉바위에 낙화하는 슬픈 꽃을 보고
목련도
굵은 눈망울을 떨굽니다
바보
당신은 우리의 노랑리본입니다

구름아
구름아
얼굴 한번 보여주라

눈사람

아담도 이 모습으로 왔으리라
태초엔 모든 것이 맑았으리라
뱀도 착했으리라
순백의 빛으로 눈사람이
봄 턱에서
겨울로 다시 덮어놓는다

작심하고 내리는 눈이
분열을 덮는다
남의 약점을 교묘히 무기로 삼는
욕심을 덮는다
머리에 쌓인 눈이 나를 덮는다
눈을 바라보는 눈에
눈사람의 눈물이 고인다

차가운 햇빛이 두리번거리며
눈사람을 찾는다

동태

세찬 바람에 대한 몸서리일까
가지 끝의 떨림은 낙엽을 털어낸 서글픔의 아픔일까
언 겨울나무를
위로받지 못한 눈시울에 가여운 눈으로 바라보았다

한 살 더 먹은 달빛도 얼어가는 날
할퀴는 바람에도 단단히 서있는 인고의 시간을 지켜보라고
가로등의 온기로 힘겹게 나무는 말을 한다

삶의 보릿고개를 넘기 싫어 연탄불에 취해
한강 다리를 방황하는 숨 막힌 동무에게
이름 없는 하찮은 잡초도 봄날에 꽃을 드러낸다고
서리가 이슬로 맺히는 날이 찾아온다고

달빛을 태우고 햇빛을 내려놓는 새벽 첫차를 타고
하얀 머리 굽은 어깨 늙어진 말투
또 하루를 맘 편히 쉬지 못한 발걸음들이
8350[2)]의 빌딩숲으로 사라질 때
나무는 말을 한다
없을수록 벗을수록 강하게 서있는 뿌리의 불꽃을 보라고

---

2) 2019년 최저인건비

고향길

먼 시선의 논이 더 빨리 길가를 달리는
일 차선 편도
벼 익은 드뭇한 외딴집에
흙발을 씻는 둥 뛰어오르는 아해들
밥 짓는 하얀 연긴 꿈을 찾아 창공으로

허수아비 빈곤을 떠난 자리엔
빽빽한 아파트 끊길 듯 이어진 사 차선 도로
뒤로 내빼는 전봇대보다 이젠
앞서 달리며, 벼 익던 곳엔
공장들의 희뿌연 연기들

냉소적인 도시 모습에
꿈은 담을 넘다 흩어져
검불 같은 군상으로
떠다니는 하늬구름의 헛푸념

벼 익은 논두렁
주전자 든 아해의 걸음걸이 따라
여물지 않은 시골길로
쏜살같이 돌아보면
논물에 비추이는 세월의 뒤뚱거리는 그림자

1894

코스모스 바람길 흔들릴 때
자그마한 녹두
단단히 여무네

병아린양 하늘 보고 비 그리며
드물게 익은 누런 벼
백만 농민 한숨 소리에
녹두꽃 시들게 해

곤룡포 입은 나라님
용기 없이 비굴하게 굽신거려
청색 일색 깡패들 강산을 더럽혀버려

우금치에 모여든
죽창 든 쟁기 든 넋이여
양반이 죽이고 왜놈이 죽이고
기관총 피냇가로 잡초들 너무 아팠어라
노란 녹두꽃 새빨갛게 물들었네

밤비의 속삭임은 아파요
파랑새야
앉지 마라
떨어지면
울고 간다

달의 대답

가을날 하늘가에 쏟아지는 은하수 밤
초록별로 빛나는 둥근 너의 모습
솔직한 나의 모습이 변덕처럼 보이지는 않을까

너에게 비추는 내 모습은 어떨까
살랑살랑 실눈 되어 사라졌다
검은색으로 덮여 살포시 떠있는 나의 눈웃음
그리움과 낭만과 사색의 뫼비우스띠처럼

소원을 빈다는 것까지도 알았어
둥근달의 내 모습에 폭풍우가 매서워도
가난한 자 아픈 자 힘없는 자들이
날 보고 허허 빈웃음을 내며 희망을 바라보는 걸 알았단다

별주부에 속은 토끼 한 마리 잘 지내고 있어
계수나무에 간을 걸어 놓고
소원의 약 방이를 밤마다 찧고 있지

초록별 지구야 늘 나의 친구가 되어 밝혀주렴
늘 건강한 숲 늘 맑은 바다를 간직하렴
늘 이웃들의 웃음소리를 이곳에 전해주렴

가을 끝 비

누구나 먼저 떠나는 것이 아니라
누구는 먼저 이별하는 것인데
타인의 죽음은 쉽게 받아들이면서
내 삶의 끝은 기약 없는 일이라 생각합니다

온 가족이 강아지 똥은 치우고
귀엽다 쓰다듬지만
부모의 진자리는 냄새나 외면하고
끊을 수 없는 정엔
받아만 봐서 외면하고
먹이를 준 애교 짓에 녹은 마음은
강아지 자녀 종교 친구 연속극 부모
순으로 먼 뒤쪽으로
밀려나지는 않는지요

사람이 사람을 제일 존중하지만
사람이 사람을 제일 불행하게도 합니다

나이가 들수록 잊어버린 말소리가
듣고 싶을 텐데
뼈만 남은 나무에
주르륵 빗소리만 흘러갑니다

그리고

꽃과 잎은
뿌리와 더불어
꽃과 잎과 뿌리는 해와 더불어
꽃과 잎과 뿌리와 해는
비와 더불어
꽃과 잎과 뿌리와
해와 비와 그리고 이슬은
모진 열매와 더불어

너와 나는
우리와 더불어
너와 나 우리는
이웃의 힘없는 자와 더불어
너와 나 그리고 우리와 이웃은
함께와 더불어
너와 나 우리와 이웃과 함께는
땀과 더불어

머리의 소망을 가슴으로
가슴의 뜨거움을
징검다리를 건너는 두발로

(신영복 선생의 담론 책갈피의 먼지를 털다 잊혔던
기억을 두드리며)

하루 사이

밤은 저물고
한 해가 가버린 하루 사이
좌절 끝머리에 멈춰 선
한숨의 무게는
쇳덩어리로 내리 짓누르고
울며 나부끼는 밤사이
닫힌 상가에 임대 구함은 칼바람에
찢긴 아픔이 깊어 간다
낙엽은 젖어 뒹굴기도 힘겹고
코로나로 질식할 것 같은 빈자들의
절뚝거림이 넘쳐나는
전날의 한 해는
걱정 가득 애절하지만
시름으로 바라본 검은 하늘은
희맑은 달빛처럼
소원의 항구[3]로 성큼 항해하기를

---

3) 시편

4부

풋글

웃음 · 먼 산 · 산책 2 · 경칩 · 하현달 · 산수유 · 봄비 · 짝사랑 ·
대청봉 · 크림빵 · 회상 · 유성 · 등대 · 달맞이꽃 · 사 랑 혜 ·
개밥바라기 · 철쭉 · 붕어빵 · 걸음 · 가시꽃 · 어릿광대 · 미소 ·
무릉도원 · 자장면 1 · 비그림자

웃음

그늘진 숲속까지도 양지로 채울
그대는 웃을 줄 아는 사람

속아픔을 감싸고
더딘 걸음에도 분주한 뜀박질로
웃음을 나누는 그대는 따스함을
어루만질 줄 아는 사람

빗방울 맺힐 때
담소를 나눌 수 있는 빗물 같은 그대는
강물에 떨어지는 빗물의 무게를 싣고
굽이굽이 바다로 갈 줄 아는 사람

가난한 마음에 햇빛 한 사발
나누어 줄 수 있는 그대는
밤하늘을 지피는 별 속의 모닥불같이
희망을 심어주는 사람

그런 그대가 되어
웃음을 담아 보세요
어여요

먼 산

바다는 언제나 바다다
산이 늘 산처럼
먼 산 능선을 바라보며
눈걸음[4]으로
느긋하게 가려다 쉬다
숨차지 않은 산행을 하다 보면
쉼 같은 꿀맛이 이어진다

저녁으로 검어진 산
산그림자 마저 어둠이 덮어가면
달빛에 물든 먼 산 능선길은
또 한 번
눈걸음으로 다녀가라고 재촉한다

부모에서 할아비의 모습으로
먼 나이가 한 발자국씩 다가온다면
동무들이
소중한 것들 가운데 하나로 남아
깔깔깔 티격태격
수락산 도봉산 자현암으로
웃으며 다니고 싶다
먼저 하늘나라로 간 동무들까지 샘 잔뜩 나게

---

4) 먼 곳에서 바라봄

산책 2

샘솟는 개울가
겨우내 봄바람 든 잉어들
피라미들 잔뜩 까놓고
부용천 깊은 골로 유영하고

솔바람 내음에
깡총 뛰던 강아지
무섭게 으르렁거리지만
아장 걷는 꼬맹이들
귀엽다고 쓰다듬어 주네

쑥 캐는 할머니 바쁜 손길
하늘 한번 쳐다보고
봄볕에 예쁜 미소 실려 보내고

뜀박질 가쁜 발걸음들은
저 먼 곳 아줌마들의 웃음소리에
가깝게 다가가네

경칩

하루 이틀 사이
종일토록 내린 부슬비가
눈으로 바뀌어
그곳은 칠십 센티까지 쌓여
통제되었단다
세상이 궁금해선지
땅속이 어수선하다
어제는
개구리가 튈까 말까 망설이더니
오늘은
뱀이 눈치 빠르게 쫒으려 한다
싸악 녹은 야산에
꾀죄죄한 개구리와 꽃뱀
따뜻한 햇볕을 마주한다

얼레리 꼴레리
뱀하고 개구리가 서먹하게
얼레리 꼴레리

하현달

달빛의 무게도 가벼워진
하현별이 강물을 지키고 있습니다
허기진 기억에
별들도 불을 지펴 이 땅의
소원들을 찾아가는데
뜬 자국은
잘 개켜버렸습니다
거짓말을 담기엔 하현달의
크기는 아주 작지만
길쭉한 손으로
거시기한 말들은
새빨간 거짓말입니다
아련한 하현별
반쪽이지만 달이 참 밝습니다

산수유

외투를 털어낸
흐트러진 겨울 사이로
허벅지를 드러낸 여인네들

꽃보다 봄은 여인네의 옷자락에
먼저 찾아든다

꽃샘추위도 지고 가는 짧아진
치맛단 사이로
봄의 혀는 씨앗을 뱉어내
노란색 꽃잎을 지펴

잎이 맺히기 전 꽃망울을 키우는
아직도
겨울을 벗지 못한 벚나무 나신 앞에

노오란 깨웃음으로 미소 짓는
얼음땡 소리에
꽃시샘으로 굳어 버린 봄바람도
황급히 북녘으로 치달린다

봄비

빗물에 온기가 실려와
솔잎 끝 망울에 푸른 빛이 담겨와
순풍에 봄돛을 달고 와
산수유 노란 꽃잎을 깜박거릴
봄 근처로
빗물에 봄 흔적이 달려와
어 벌써 봄이 왔네
봄비처럼 반가운 나눔이 되고 싶다

짝사랑

짝사랑은 사랑이 아니지
들키면 창피해지는
그건 혼자 겪는 몸살이지
지나친 사랑 뒤엔
아픔과 연민이 남지만
잠 못 드는 시간
카세트 라디오에서 음악을 녹음하던
짝사랑 시절의 기억엔 그때의 벗들도
잔잔한 음색으로 흐르는
스모키의 음악과 함께 떠오르지
목젖이 생기고
털이 몸 구석 몇 가닥 생겨
놀랐던 순간의 기억도 떠오르지

상처 없이 아물어진 상처의 자욱
가련한 청순가련형으로 만들어놓은
기억의 그녀는 아마도
독립투사의 용맹한
모습이었을지도 모르지
그대는 어느 동네에서
멋지게 잘살고 있을 거야

대청봉

산의 경이로움과 연신 눈에 보이는 감탄으로 채워진
한계령의 기세는 잡힐 듯 멀어지는 능선으로 홀려
낙엽으로 저물어간 겨울 사이로 발걸음을 내달린다

바람을 타면 대청까지 날 수 있다며 잎의 무게를 떨구어
날아보라고 속삭이듯 이어지는 바람 소리에
나무는 한 잎씩 내어준다

숨 막힐 듯 이어지는 산허리를 돌면 숨어있는 세찬 바람의
손짓으로 운 좋으면 낙엽도 배낭에 묻혀 공룡능선을
탈 수 있다며 가장 높은 봉우리로 걸음을 내쫓는다

중청에서 대청으로 매섭게 솟는 아 바람
얼굴 없이 엄한 소리를 지르며
뺨을 때리고 무릎을 꺾이고 숲을 울리고
나를 울리는 바람의 무게에 겸허히 허리를 숙인다

절경을 펼친 능선들은 대청봉을 향해 팔을 뻗어
싸움박질 인간사 욕심을 떨구면
겨울 바다로 날 수 있다고 서글픈 마음을 다독거린다

크림빵

그대의 자태에 시선이 머물고
말이 끊긴 침묵 사이에도
윤기 나는 빛을 발했지
낯선 섬마을 소년들처럼
두리번거릴 때에도
그대의 향은 살며시 배어나

검정 교복 겨울비 내리는 날
여고생들과 나란히 앉은 빵집 문화당
우습지 않은 이야기에도
입맛을 다시며 미소를 띄웠지만
그대에 꽂힌 눈 안 보는 척
힐끔힐끔 쳐다보았지

마시지 못하는 쓴 물을 토해내며
서툰 입김를 날리던
젖은 낙엽처럼 짝 붙어 다니던 벗들

또 다른 문화를 겪는 아이들을
보며 가끔은 혀를 차지만
아직도 우리의 모습에도 설익은
모습이 남아있을까

회상

책 속에 담았던 은행잎을 밟으며
바바리코트 그댄
가을 뒤로 숨어버린다

잎이 떨어질 때
나무는 아플까
벗겨진 11월의 모습은
잎으로 가득 찬 날을 기억할까

어느 낙엽 쌓인 능선길에서
부딪치는 시린 멈춤

커피가 식어가는 시간이 주어지면
밑둥을 덮이는 온기처럼
발목을 따듯이 덮고 있다고
어떤 침묵으로 표현할까

유성

무엇을 찾았니
머물다 떠난 빛을 내던
줄기를 아직도 기억하니
깨진 파편으로 별자리를 세우다
어둠이 지겨워 사라진 빛을 기억하니

무엇을 찾아 밤마다 밝히고 있을까
부탁한 적이 없는데
노심초사 변해가는 눈으로 왜
찾아 주려고 따라다닐까

노을빛 뒷걸음에 숨죽여있다
만산부터 나서는 너의 모습
시원한 강바람이
성수대교를 타 넘는 내부에 퍼지는데
고층 빌딩 사이에 걸려서
무엇을 찾고 있니
한강수를 거슬러 밟고 가는 너는
무엇을 찾아주려고 가니

강물에 역행하는 너의 눈빛도
지평선으로 떨어지는 별똥도
마음 곁에서 나무늘보는 지나갔는데

등대

……아픈 분의 떠남

오늘의 시침이
어제의 염려와 안타까움을 싣고
운명으로 흘러갑니다

아픔을 쉼 없이 견딘 건
더 준비를 시키고 싶었습니다
생명의 불꽃을 살랐던 건
남아있는 자들을
조금 더 지켜주고 싶은 바람이었습니다

이별은 끝이 아니라
그리움의 시작입니다
꽉 잡아주었던 손목의 멍 자국이
몸의 별로 남았습니다

서툰 길 달빛을 등대 삼아
성큼성큼 앞서주던 큰 발자욱으로
잘 찾아가셔서
지그시 쳐다보셨던 눈망울처럼
빛나는 별로 밝혀주세요

달맞이꽃

하현달도 달무리에 지워져
밤그늘만 남겨놓은 채
별빛까지 사라진 까만 밤

숨죽인 희미한 달빛 사이
짚신 신고 살곰거려
멱 감던 아낙 훔쳐본
호기심 찬 옛 기억

마른 침 작은 소리도
여울물 소리처럼 점점 커져
심장을 뎁혔으리라

두 치로 자란 풀섶 넘어
감물 든 듯 물가에 야시럽게 떠오른
가로등 불빛 향해
한 치 꽃발로 기웃대며
살며시 피어있네

사랑혜

톡 톡 톡 빗방울
하얀 물꽃으로 피어나
애틋함을 실어 나른다

우계 여름 가을 겨울 봄…
우계의 계절은 다시 오고

빗소리에 찾아온 반가움
사랑니에 덧나게 해

넘치는 시냇물에
아낌없이
네잎물빛클로버를 띄워 보낸다

개밥바라기

땅거미 더위에 길게 늘어진 햇살을
산등성 뒤로 잡아두고
먼 산보다 더 먼 벗
홀연히 생각나
몇 잔의 취기에 홀로 위로하는 밤

허리띠 풀어헤친 와이셔츠
어깨에 상의를 걸치고
비틀걸음치며 버찌가 밟힌 수채화 길을
오밤중 맵시 없이 걷다
고즈넉한 가을색 띈 잎으로
모나게 반기는 자두나무
정자에 슬며시 누워
달토끼를 찾아보니
그대가 들어 있고
한 번 더 바라보니
미소를 머금고 있다

떨어진
말갛게 익은 자두 한 알 움켜쥐니
다시 보잔 악수의 여운처럼
향이 진득하니 배어난다

철쭉

달래야
진달랜 줄 알고
크게 불렀어
늦게까지 남아있어
깜짝 놀랐어

봄눈을 뚫고 떨리게 찾아온
아지랑이 연무
호 불면 하늘거렸던
찬바람에 떨어질 것 같은 진달래

비바람 휘불어도 싱긋 피어있는 철쭉

넌 외사랑이 간 뒤 오는 첫사랑
삼월의 꽃 중 설렘
그댄 첫사랑의 뒤안길 후 끝사랑
삶의 꽃 안에서의 눈부심

붕어빵

깨물어도 너 아프지 않지
씹어도 없지 너 아니지 붕어 너 없지
비린 척해도 아니지 약 올리는 거지
천 원에 세 마린데 셋 다 없지
뚝방에서 자현암 맑은 개울을 따라 도봉초딩까지 오 리 길
달다랗게 유혹하던 애 맞지
너 요즘 앙꼬 많이 들었다고 무게 잡고 비싼 척하지만
이십 원에 세 마리였던 너 걔 맞지
언 손으로 새끼줄에 연탄 들고 가는 소년한테
따뜻해 먹어봐
눈물 나게 했던 애 맞지
근데 너만 뻥치는 거 아니더라 칼국수에도 칼 없더라고
추운 날 가끔은 너 때문에 따스하단다

걸음

시간의 씨앗은
계절 속에 묻혀 있는 흔적 때문입니다
햇빛은 따스해지고
달빛은 추위를 간직한 봄 언저리
바람은 차고
온기를 간직한 모래사장에
줄어든 걸음 때문입니다

냅다 내빼다 떨어트린 흔적은
파도가 덮다 간
모래에 잠겨진 시 자국 때문이었습니다

이젠 바람에 밀려가는 구름처럼
머물러 있던 길

잘 흘러가거라

가시꽃

비익숙함 속에서 익숙함으로 다가온
사춘기 청춘의 꿈속의 향
세월의 깊이에
더 설렘으로 다가오듯

달빛마저 태워버리는 유월 태양은
늦봄의 전령사로 온 꽃잎까지 산화시켜
숲섶 너머 도심까지
진담백의 가득 찬 향으로
사나이들의 몸내음으로

반석 위의 곧추선 뿌리
단단한 위엄으로
서두름 없이 해동의 봄을 기다려온 꽃

더 늦은 늦봄을 기다리다
작렬하는 별빛에 지치고
볼품없어졌지만
가시로 보호해 열매를 맺을 줄 아는

숲속의 고독 가운데서도
쭉정이가 되지 않는
이 땅의 어른들을 무척 닮은
추수꾼의 가시밤꽃

어릿광대

기대에 찬 눈망울로 틈 비집고 앉은 설탕 뽑기 좌판
동전을 꼭 쥐고 있던 손으로 번데기 화살을 날리는
손등이 터진 겨울을 기억하는 나는 어릿광대

우윳빛 닮은 논두렁 시골길에서
어린 나이를 유혹하였던 하얀 막걸리에
꼴깍 침 맛을 기억하는 나는 어릿광대

계곡에 차있는 물 틈 속에서 가재를 찾을 수 있는
달빛 그림자에 가위바위보를 흉내 내기하는 나는 어릿광대

빈 잔의 막걸리 계란말이 햄 짜장면을
지금도 좋아하는 나는 어릿광대

순식간에 다가왔다
세월보다 더 빠르게 달아나는 전봇대를 느끼고 사는
걷다가 걷다가
먼 하늘에 엄니구름 두리번거리는 나는 어릿광대

미소

눈을 보고 입가에 미소를 띠며
가볍게 목례하셔요
눈가에 심한 눈웃음은 앙 돼요

손을 가볍게 잡고 살짝 흔들어주셔요
너무 꽉 쥐어
띠바~ 아파아파하게 하지 마셔요

여우처럼 행복한 척 즐거운 척
반가운 척하셔요
삐진 거 화난 거 심술 난 거
티 내면 정말 앙 돼요

까치처럼 반가운 목소리로 마주치세요
안녕하세요
반갑습니다
하우 아 유 파인 땡큐!

헤어질 땐
아쉬움의 미소를 보여주셔요
두고 보자 띠바스키-앙돼앙돼앙돼요
늑대의 썩소는 절대 앙 돼요

무릉도원

어둠이 먼 산을 덮어
일점의 나무들이 한 덩어리
검붉은 위엄으로 버틴다

the 먼 산의 밤하늘
낮에 숨죽이던 별빛
게으름 더해 달빛에 누워버렸다
가뭇대는 북두의 모습
몇 뼘 위 북극성 자국만 희미하다

3색으로 나눠진 밤
밤색의 밤하늘
어둠 속 검붉은 산
물빛에 비추는 가로등

자정을 넘긴 새벽녘 향한
아카시아 산책길은
고요해서 좋고
초봄처럼 찬바람이 숨을 맑게 해서 좋고
부용천 잔 물소리가
폭포수로 울려 퍼지고
밤배 띄우는 오리의 한적함이 좋다

자장면 1

요사이 중국집은 자장면이라 쓰지만
후미진 옛 중국집은 연탄난로에 엽차가 끓고
짜장면의 된소리라 썼다
입학식 날
짜장 묻은 얼굴엔
울 자식 체할까 건강한 부모님과
졸업식 날은
짜장면 한 그릇 다 먹는다고 자랑했던
흙탕물 골목길도 있었다
신문지에 올려놓은 짜장면은
첫 뜀박질처럼
이삿짐을 풀면서
셋방의 희망부터
내 집 부자의 꿈이 있었다
남에게 피해를 주지 말라고
훈계를 들려주던 부모의
젊은 날 음성이 들리듯
나무젓가락을 쫙 쪼개
쪼마난해진 손에 쥐여드린다

자장면은 짜장면이라 불러야
맛깔스럽고
짜장면 속에는
인정이 배어 있다

비그림자

내 마음 적시네

맑은 날
해거름 서산으로 향하고
설렘만으로 가득 찬
추암 소리
바람은 파도보다 앞서
너울은 촛대바위에 춤추는
물빛 날개
쏟아지는 물보라는
벼랑길, 빛바랜 다짐을 깬다
봄비에 잠겨 드는 비그림자
어느 날을 드러낸다
비는 해를 적시고
해가 뜨면
비그림자 또 숨겨지겠지
소낙비는 해를 못 적시는데

종일 내린 봄비는

Epilogue

풍경

강변로를 달리면서 야경을 보는 건
눈의 즐거움을 넘어 마음마저 즐겁다
강물에 비추는 노을에 물빛이 튀어 오르고
석양을 등진 아파트의 불빛이 한 점씩 켜지면
마치 밀레의 그림 만종처럼 편안함을 느낀다
아쉬움은 성수대교 아래에 물고기가 얼마나 있나
호기심에 내려 봤을 텐데
차 안이라 품이 넉넉한 옷을 날리는 서풍만 느끼고 있다
다리를 걸어갈 때 난간을 잡고 흐르는 물을 쳐다보는 건
아마 동심이 남아서일 거다 빤스가 귀할 때가 있었다
구멍 난 양말도 바느질해 신었던 70년대에
의정부와 경계인 서울의 북쪽 끝 마을
도봉시장 뒤쪽으로는 넓은 개천이 있었다
장마철엔 나무다리가 휩쓸려 양쪽으로 굵은 밧줄을 묶고
나룻배로 건너야 했다 사람들은 그냥 뚝방이라고 불렀다
모래사장에서 축구를 하고 풋고추 내놓고
개헤엄을 치고 물 먹이며 놀았다
십 원이 있으면 부자일 때도 있었다
십 원으로 아이스케키를 사 먹거나
허기지면 수도꼭지에 입을 대고 물배를 채웠었다
그때도 중랑천 상류에 비추는 노을이 아름다웠을까?
부모들은 월사금을 걱정하고

막내아들 닮아 찢어진 고무신을 걱정했을 수도 있다
풍경의 즐거움보다는 끼니의 걱정이 앞설 수도 있을 때니까
뜨거운 다라를 머리에 지고 행상을 하셔서
울 엄마는 앞머리가 많이 없었다는 친구가 있다
어린 마음에도 보탬이 되고자 했지만
안다고 다 도움이 되고 도울 수는 없는 것이다
티 없이 건강하게 자라는 것이
힘이 되고 도움이 되었을 것이다
마음이 조급할 땐 클래식 음악이 느슨하게 풀어준다
노을이 강물에 빨려들고 강물은 속도를 늦춰줘 잔물결치고
슈만의 음악을 들으면서 어릴 때 여름날
수락산 물개바위에서 멱감던 시절을 떠올린다
서울 시민이 한강을 보면서 출퇴근한다는 것은
큰 기쁨이며 건강이다

트로이메라이[5] / 최병로

하루 중 가장 짧지만 빛을 발하는 시간이 있다
비와 눈을 기다리는 마음처럼
사색으로 끌어드리는 시간이 있다
노을이 붉은 그림자의 꼬리를 강물에 숨기고
강물도 바람에 맡겨 결이 잔잔히 넘실거릴 때
도시의 모든 색은 어둠을 밝힐 암실 속으로 스며들어
숨죽이던 아파트의 불빛이 켜지고 가로등이 빛을 준비할 즈음
땅거미가 지는 아늑한 시공간으로
태양은 꿈을 꾸기 위해 저물고
달은 꿈을 찾아 떠오르고
분주한 새들도 풍경에 물들어 동심의 꿈으로 돌아간다

5) 슈만 op. 15-7(트로이메라이)

크림빵

1판 1쇄 발행 2021년 8월 26일

지은이 향기농부

교정 윤혜원
편집 이정노

펴낸곳 하움출판사
펴낸이 문현광

주소 전라북도 군산시 수송로 315 하움출판사
이메일 haum1000@naver.com **홈페이지** haum.kr

ISBN 979-11-6440-821-4(03800)

좋은 책을 만들겠습니다.
하움출판사는 독자 여러분의 의견에 항상 귀 기울이고 있습니다.